LA POÉSIE DE LA SCIENCE

AU XIXᵉ SIÈCLE

HENRI THIERS

LA
POÉSIE DE LA SCIENCE
AU XIXME SIÈCLE

Poème couronné par l'Académie Française

LYON

IMPRIMERIE DU SALUT PUBLIC

BELLON, RUE DE LA RÉPUBLIQUE, 33

M DCCC LXXIX

ACADÉMIE FRANÇAISE

Séance publique annuelle du Jeudi 7 Août 1879

RAPPORT

De M. le Secrétaire perpétuel de l'Académie sur le Concours de Poésie.

« *Lorsque, en 1876, l'Académie eut à désigner deux sujets : l'un pour le prix de poésie de 1877, l'autre pour le prix d'éloquence de 1878 ; la Poésie et la Science fut le premier qui lui vint à l'esprit. Après quelques débats qui l'arrêtèrent, elle crut devoir opérer la disjonction. Personnifiant la poésie dans André Chénier et la science dans Buffon, elle indiqua l'Eloge de Buffon pour le prix d'éloquence, André Chénier pour le prix de poésie.*

« *Deux ans plus tard, si satisfaisant qu'eût été pour elle le résultat des deux concours, son but ne lui semblait pas atteint. Ce que d'abord elle avait voulu, elle le voulait encore. Son sujet était escompté, mais non épuisé. Le reprenant en sous-œuvre, elle proposa pour le concours de cette année la Poésie de la Science, sans se dissimuler à quelles difficultés elle exposait les concurrents.*

« *Si la grandeur de la science et sa démonstration magnifique frappaient les yeux de tous, quelques-uns trouvaient sa poésie plus contestable ; ils se trompaient. En répondant à notre appel, cent vingt-sept poètes nous ont prouvé qu'il y a une poésie de la science.*

« *Les cent vingt-sept pièces de vers que ce sujet a inspirées étaient toutes plus ou moins incomplètes ; mais dans toutes on a remarqué des parties brillantes ; presque toutes ont mérité un reproche dont je dois être l'interprète : en proposant aux poètes de traiter un pareil sujet, la Poésie de la Science, l'Académie pouvait croire qu'ils s'inspireraient de la grande tradition qui nous montre, à toutes les époques, la poésie comme l'interprète inspiré des énergies triomphantes de la nature. Orphée, Hésiode, Homère, Virgile, Lucrèce et Ovide dans les temps anciens ; la belle prose de Buffon, les beaux vers de Voltaire, de Delille, d'André Chénier, de Gœthe et de Lemercier chez les modernes, ont offert tour à tour le tableau de la création et celui de*" la conception du monde. La poésie descriptive s'était inspirée des beautés de l'univers ; l'âme des poètes s'était émue en présence d'une philosophie nouvelle née des dogmes de la science. Les services rendus à l'humanité par les découvertes modernes étaient restés dans l'ombre.

« C'est à cet aspect utilitaire que se sont placés la plupart de nos concurrents, moins émus de la grandeur même de la science que frappés des progrès du bien-être et des miracles accomplis par elle au point de vue pratique depuis le commencement du siècle.

« Après un mûr examen, après de longues et consciencieuses comparaisons, trois pièces ayant fini par être réservées, deux d'entre elles partageaient à ce point l'Académie que, ne pouvant se décider à en sacrifier aucune, elle se tira d'affaire en les couronnant à la fois toutes deux : l'une inscrite sous le n° 91, l'autre sous le n° 125, un accessit étant, en outre, accordé à la pièce portant le n° 43, qui avait eu aussi ses défenseurs.

« Plusieurs surprises attendaient alors l'Académie et allaient témoigner une fois de plus de son impartialité ; prenant son bien où elle le trouve, elle ne tient compte que du talent et ne lui demande jamais d'où il vient.

« Le prix de poésie qu'elle avait cru partager entre deux concurrents, s'est trouvé tout à coup, en réalité, décerné à trois poètes : trois poètes et un savant !

« Doublement connu pour d'heureux débuts sur une grande scène littéraire et pour d'importants travaux scientifiques, M. Louis Denayrouse personnifiait d'avance en lui seul la science et la poésie ; il s'est fortifié encore pour la lutte en s'associant avec un de nos plus jeunes poètes, les plus dignes des regards de l'Académie et de ses encouragements.

« La pièce inscrite sur le n° 125 et portant cette épigraphe significative : Arcades ambo, est due à la collaboration de MM. Louis Denayrouse et Jacques Normand.

« M. Georges Renard, professeur de littérature française à Lausanne, est l'auteur de la première pièce couronnée sous le n° 91, avec cette épigramme qu'il avait le droit de choisir et qu'il a su justifier :

« La poésie sera de la raison chantée.

« L'accessit, accordé au n° 43, a été revendiqué par un compatriote de Soulary, par un poète qui demeure à Caluire, près Lyon, et qui se nomme, oui, Messieurs, qui se nomme M. Henri... Thiers.

« Les trois pièces de vers ainsi distinguées par l'Académie mériteraient qu'on vous les lût dans leur entier ; le temps nous manque ; un autre plaisir d'ailleurs vous attend, et vous l'attendez. Vous entendrez du moins quelques fragments des deux premières entre lesquelles le prix se trouve partagé.

« La poésie, c'est le cœur ; la science, c'est la raison, marions-les ; » disait, à propos de ce concours, un de nos jeunes confrères, ami des dénoûments heureux. Vous approuverez, j'espère, avec lui, Messieurs, cette union de la raison et du cœur, de la science et de la poésie. »

LA POÉSIE DE LA SCIENCE

O poème éternel! comme en, toi, se révèle
La suprême Raison! Dans la variété,
Tout se lie et s'enchaîne, et chaque loi nouvelle,
De la trame divine, atteste l'unité !

I.

Voici venir la nuit. La céleste vanneuse
Livre, aux brises du soir, sa moisson lumineuse.
L'air est si transparent qu'on peut voir, sur le Nil,
Les barques projeter leur gracieux profil
Et des enfants courir sur les berges humides.
Au loin, vers le couchant, les grandes pyramides,
De leur triangle noir, coupent l'azur bruni.
Au-delà, le désert, l'horizon, l'infini !

Qui pourrait te fouler avec insouciance
Terre antique où la Grèce a puisé sa science !
Palais, temples, tombeaux par les ans respectés,
Inscriptions où sont longuement relatés
Les triomphes des rois, les croyances des prêtres,
Papyrus racontant l'origine des êtres :
Dans ce livre authentique aujourd'hui nous lisons.
L'Histoire a vu s'ouvrir de nouveaux horizons

Et, des temps primitifs, le voile se soulève.
Aux parois de la tombe, ainsi que dans un rêve,
Nous surprenons la vie et les mœurs d'autrefois,
Même avant que Moïse eût élevé la voix
Et, des fils de Jacob, qu'il eût pris la défense.
Oh, de l'humanité, mystérieuse enfance !
Qui dira les labeurs de ces commencements ;
Les paniques de l'homme en butte aux éléments ;
De la création le multiple problème,
Eveillant le génie étonné de lui-même
Et, du vaste univers, admirant la beauté !
Dans cette aube, savoir est une sainteté.
Aussi loin que nous fait remonter l'écriture,
Nous rencontrons le prêtre expliquant la nature.
Lorsque les monuments viennent à nous manquer,
Le géologue arrive ; il va nous indiquer,
Dans les couches du sol que la pioche déchire,
Les vestiges de l'homme avant qu'il sût écrire !
De l'œuvre des six jours, il nous fait le récit :
Comment, du globe en feu, la croûte se durcit,
Brisée en maints endroits par la matière ignée ;
De tous les éléments, la lutte déchaînée ;
Des océans profonds, les terres émergeant ;
La végétation, gigantesque, ombrageant
Des êtres monstrueux dont la race est perdue ;
La vie exubérante en tous lieux répandue ;
Puis, sur son sein plus calme et de fleurs se couvrant,
A l'homme nouveau-né, la terre souriant !
Quels tableaux !

       Cependant un attrait indicible,
Vers l'étoile qui brille au fond du ciel paisible,
Soulève le regard du terrestre rêveur.
Quel mystère réside en sa blanche lueur ?

Quand la tombe a le corps, l'astre reçoit-il l'âme ?
Nos haines, nos amours avivent-ils sa flamme ?...
Dissipant les erreurs où l'esprit se complait,
La science a montré l'Univers tel qu'il est.
Mais, ô rêve ! combien le réel te dépasse !
Ces mondes sont vivants. Dans les champs de l'espace,
Ils naissent ; comme nous, la mort les atteindra.
Un jour ce doux soleil qui nous luit, s'éteindra.
La terre, que la vie alors aura quittée,
Roulera dans la nuit sa sphère inhabitée.
Un jour, hélas ! ce sol que nous nous disputons,
Cette arène — insensés ! — que nous ensanglantons,
Ce globe où la pensée ennoblit la matière,
Aux quatre vents du ciel, livrera sa poussière !

Sur ce faîte arrivé, face à face voyant
L'infini qui toujours va se multipliant,
L'esprit n'aperçoit plus, dans la nature immense,
Qu'un long enfantement qui, toujours recommence !
La vie universelle éblouit la raison.
Après le ciel, semé de soleils à foison,
La goutte de rosée, à son tour, est un monde !
Des êtres, par milliers, en moins d'une seconde,
Y subissent leur sort. Gouttelettes, soleils,
Sont, dans l'éternité, des accidents pareils !
La science a voulu sonder ce double abîme,
Mais en vain. Le vertige habite cette cîme.
Trop souvent on y perd l'humble foi de l'enfant.
Le doute, dans le cœur, entre comme un serpent ;
Et, sublime d'orgueil, l'homme, en qui survit l'Ange,
De son propre génie, entonne la louange :

II

« Céleste abeille butinant
« Les fleurs de la pensée humaine,
« La science a, dès maintenant,
« D'un miel divin sa ruche pleine.
« Qui s'en nourrit peut ce qu'il veut.
« Il brave l'océan qu'émeut
« La tempête retentissante.
« Il atteint la foudre dans l'air
« Et la voit, nouveau Jupiter,
« A ses pieds tomber impuissante.

« De l'antique fatalité,
« L'homme a brisé la lourde entrave.
« A la nature d'être esclave !
« Lui marche vers la vérité.
« De tout dégageant le principe,
« Il triomphe, immortel Œdipe,
« Du sphinx qu'on nomme l'Inconnu.
« La science, au joug salutaire,
« Consacre, maître de la terre,
« Cet être jadis faible et nu.

« Pour bâtir les cités antiques
« Des bords de l'Euphrate et du Nil,
« Le peuple, misérable et vil,
« Charriait les blocs granitiques.
« De l'aube au soir courbant le dos,
« Pliant sous le poids des fardeaux,
« Il traînait sa vie inféconde,
« Indifférent à la splendeur
« Des merveilles, dont son labeur
« Léguait l'enchantement au monde.

« Bêtes de somme, esclaves, serfs,
« De quelque nom que l'on les nomme,
« Usant leurs muscles et leurs nerfs,
« Ces hommes n'avaient rien de l'homme.
« O science ! tu délivras
« Ces échines, ces maigres bras
« S'épuisant à quelque œuvre énorme.
« Voici venir des temps meilleurs !
« La machine ennoblit, transforme
« Le travail et les travailleurs.

« Ces géants qui courbent leurs torses,
« Ouvriers de jour et de nuit,
« O nature ! ce sont tes forces
« Que l'homme emprisonne et conduit.
« Par un art fertile en miracles,
« Il se rit des plus grands obstacles ;
« Son calcul règle et prévoit tout.
« Il prête une âme à la machine :
« Titan, elle règne à l'usine,
« Fée, elle tisse, brode et coud.

« Dieux d'Homère, dieux d'Hésiode !
« Sylphe léger qui toujours fuit !
« Démon, vers l'heure de minuit,
« A la lune chantant son ode !
« Qu'avez vous fait de merveilleux
« Qu'un peuple superstitieux
« Devant vous tremble et se prosterne ?
« Les rêves les plus insensés
« Sont, par la science moderne,
« Réalisés ou dépassés !

« Un monstre de fer dévore l'espace.
« L'homme l'a créé, lui mettant au cœur
« Une vie ardente et que rien ne lasse.
« Comme l'ouragan, rugit, siffle, passe
« La locomotive à toute vapeur !

« Le ballon lentement se gonfle; il fuit la terre !
« Le voici qui s'élève et qui s'élève encor !
« Et l'homme, dans les airs, au-dessus du tonnerre,
« Après avoir vaincu l'aigle au puissant essor,
« Monte, toujours plus haut, dans le ciel solitaire !

« L'étincelle électrique, aux ordres du savant,
« D'un bout du monde à l'autre emporte la pensée.
« Il suffit, par un fil, d'une route tracée :
« Je parle en Amérique, à Paris on m'entend !

    « O science, mère immortelle
    « Des progrès de l'humanité !
    « Sois la seule divinité
    « Dont nous acceptions la tutelle !

    « Quel principe crée et produit
    « Germe fécond de la nature ?
    « Mystère ! Aucune créature
    « Ne l'a discerné dans sa nuit.

    « De la vie et de la matière
    « L'homme seul a cherché la loi,
    « Allant à l'éternel pourquoi,
    « Comme l'insecte à la lumière.

« Ses yeux enfin se sont ouverts !
« L'âme est un mot, le ciel est vide.
« Une force aveugle préside
« Aux merveilles de l'univers.

« L'esprit instruit par la science
« La voit agir, en suit le jeu,
« S'en rend maître et, par sa puissance,
« Pendant un jour, sur terre, est Dieu ! »

Ainsi, dans sa démence, ivre de son génie,
L'homme salue, en lui, le créateur qu'il nie !

III

Quoi ! cet enseignement, qu'enfant insoucieux
Nous avons recueilli d'une mère adorée !
Ces sublimes espoirs, qu'en nous montrant les cieux,
Notre père versait dans notre âme altérée !
Quoi ! ce doux idéal, cet amour du bon Dieu,
Ce brillant paradis au-delà de la tombe,
Tout cela s'en irait comme la feuille tombe !
Nous dirions, en mourant, un éternel adieu !
Et ces êtres si chers que la mort nous enlève,
Et ceux, non moins aimés, qui restent après nous ?...
Perdus ! à tout jamais ! L'autre vie est un rêve,
Un rêve consolant qui nous tint à genoux !

Voyons pourtant quels biens on nous donne en échange :
La nature est soumise à la loi du plus fort.
La matière y produit la pensée, en sa fange,
Et puis la restitue au néant par la mort !

La substance éternelle aveuglément engendre
L'atome et la planète en l'espace sans fin.
De son sein tout provient, tout retourne en son sein.
Tel l'antique Phénix renaissait de sa cendre.
« Vois, nous dit le savant : tout, dans l'immensité,
Apparaît, disparaît, naît, meurt comme les hommes.
Rien ne subsistera de la terre où nous sommes,
Et tu veux aspirer à l'immortalité ? »

Quoi ! je sais que je meurs, je lutte pour la vie,
Je transforme la terre et j'explore les cieux !
Le passé m'appartient et mon âme ravie,
Des siècles voit couler le flot silencieux !
Ainsi qu'un Dieu je crée et sais la loi des choses !
Je sens, de l'infini, l'inexprimable émoi !
Et, quand la mort descend sur mes paupières closes,
Ce peu que le cercueil renferme, c'est tout moi !
Quoi ! j'ai le mot sacré du sublime mystère,
Et je meurs tout entier ! le néant est ma part !
Le hasard a doué de raison la matière !
Tout se meut par des lois qu'enfante le hasard !

Voilà donc quels seraient les fruits de la science !
Le néant, le hasard pour dire l'âme et Dieu !...
Le doute est descendu dans notre conscience,
Et nous en savons trop, à la fois, et trop peu !

Persévérons ! L'erreur craint seule la lumière.
« Cherche, dit le Seigneur, et je t'éclairerai. »
La science et la foi n'auront qu'une bannière.
Et c'est conquérir Dieu que découvrir le Vrai.

O poème éternel ! comme, en toi, se révèle
La suprême Raison ! Dans la variété,
Tout se lie et s'enchaîne, et chaque loi nouvelle,
De la trame divine, atteste l'unité !
Grandis, sans cesse accrois ton trésor de merveilles,
O science ! ton œuvre est providentiel.
Le but? Dieu le connaît ! Est-ce que les abeilles
Savent pour quel festin se distille leur miel?
En volent-elles moins de corolle en corolle,
De parfums et de sucs épuisant chaque fleur ?
Ainsi faisons. Portons, au progrès, notre obole.
Semons, sans trop avoir souci du moissonneur

Ceux qui dorment là-bas, près du fleuve d'Egypte,
Ces générations de sages, de penseurs,
Prêtre dans son caveau, Pharaon dans sa crypte,
Savaient-ils de quelle ère ils seraient précurseurs?
Rêvaient-ils que Platon boirait à leurs fontaines,
Qu'Alexandrie, un jour, éclipserait Athènes,
Qu'elle condenserait l'effort de la raison ;
Et, pour les temps nouveaux, dont pointait l'aube immense,
Qu'elle préparerait la féconde semence
Dont le monde aujourd'hui recueille la moisson ?

www.ingramcontent.com/pod-product-compliance
Lightning Source LLC
LaVergne TN
LVHW010252060726
842527LV00007B/2756